AFTER HOURS 2

Yuhta Nishio

TOKYOPOP®

Inhalt

#6
Sie sind alle schon da.
Du ...?
Kann ich mir das noch mal anschauen?
Klar, Moment.
Hier.
Hey, Kei!
Die Hälfte davon hab immer noch ich geschrieben!
ばっ Fwsh
ばっ Fwsh
♡
Mmmh. Das hab ich echt super hinbekommen!
Das weiß ich doch.

Aaah ...
Ich bin so aufgeregt!
Aber wir zeigen es doch nur unseren Freunden.
Das ist gerade mal die Aufwärmphase.
Danach gibt es noch eine Menge Leute, die wir wirklich überzeugen müssen.
Uuh ...
AFTER HOURS #6
Ah, wir sind da!
Tock
Dann gehen wir mal.

Wir haben heute alle zusammengetrommelt, um ihnen den Plan vorzustellen, den wir beide ausgearbeitet haben.
Kei meinte, sie alle können ziemlich verbohrt sein. Deshalb besteht unsere Strategie darin ...
... alles auf einmal zu klären, damit wir so schnell wie möglich loslegen können!
Roll
Ooh!
Klonk
Donk
Kawumm
Rums
Katschak

Tschk
Wann erzählen wir es ihnen?
Hm, beim Essen wäre es am besten.
Wo stecken denn die anderen?
Die haben was vor oder müssen arbeiten.
FUNK LORD

Pah! Als ob Frauen jemals was für sich behalten könnten!
Das ist ja schon sexuelle Diskriminierung!
Halt doch die Klappe!
Quiek
Misch dich nicht einfach so in Frauengespräche ein!
Das ist geheim!
Na gut ...
Wenn du gegen mich gewinnst, erzähl ich's dir vielleicht.
Abgemacht!
Heul nachher aber nicht!
Es kann losgehen, wenn ihr bereit seid!
Huaaaargh!!!
?!
Wusch

Gonk
Klong
Eier Eier
Plönk
...
Wumms
Ha!
Das war wohl nichts!
Man darf sich nicht auf Kraft allein verlassen.
Zum Bowlen ...
... braucht man auch Anmut.
Kapplonk
Super!
He he he.
Wow!
...
Strike
Gutterball

Wow, wie
hast du da
denn ge-
schafft?
Na ja, ich hab an der Uni Basketball gespielt.
Aha …
Versteh das einer …
Ich hab heute wohl nicht ordentlich gefrühstückt.
Polter
Das wird's sein … In der Bäckerei hatten sie auch nicht mehr, was ich sonst immer esse. Deshalb kann ich wohl nicht zeigen, was ich wirklich draufhab …
Ihr beiden …
Wenn das mal nicht Emi ist, die die meisten Punkte hat!!
Du musst unbedingt zu uns kommen!
Hyah!
…

Und, wie fühlt man sich als Champion?
Ähm, weiß nicht …
Sie kann das nicht so leicht beantworten. Sie ist ja nicht so ein Loser wie wir.
Aber Kei!
Haaah …
Hab ich schon lang keinen Ballsport mehr gemacht.
Ballsport …
Aber sag mal, hier waren wir doch schon mal, oder?
Ja, wir haben hier aufgelegt.
Ach, genau.
…
Aufgelegt?
uf einer Bowlingbahn?
Früher haben wir das an allen möglichen Orten gemacht, wo immer man uns haben wollte. Auch in Beach Clubs und so.
Wir haben verzweifelt versucht, bekannter zu werden, nicht wahr?

Das war echt schrecklich! Der Sand ist in den Player gekommen und die Platten waren danach völlig zerkratzt!
Echt?
Dan, du bist dran!
Komme!
Klonk
So ein Mist!!
Daran kann ich mich gut erinnern.
Ich hole was zu trinken. Ich such was aus, okay?
Ja.
...
Na ...
... damals hat das ja auch alles Spaß gemacht ...
Aber heute wäre das nichts mehr für mich.

?
Ähm ...
Was meinst du ...?
Ich überlass das lieber den Profis.
Irgendwo muss man immer einen Kompromiss eingehen.
Angenommen, du willst bei dir zu Hause ein Event steigen lassen.
Willst du einen Kaugummi?
Nein, danke.
Hm ... Okay?
Dann kannst du weder laut feiern noch viele verschiedene Alkoholsorten anbieten, oder?
Ach!
Du meinst Orte, die allen Ansprüchen gerecht werden?
Unser Team ergibt ein Gesamtpaket.
Ich bin damit zufrieden, wie es ist.
Du musst so werfen!
So!
So?
Genau!
Damit wir uns richtig entfalten können, ist schon etwas in der Größe von einem Club nötig.
Als Kei damals mit neuen Leuten ankam, hab ich mich schon gefragt, ob das was wird. Aber jetzt fühle ich mich mit ihnen am wohlsten, wie zu Hause.
Erzähl ihr das aber nicht, sonst bildet sie sich noch was drauf ein.

Ich verstehe ... Für Dan ist es also genauso wichtig wie für Kei, zusammen mit den anderen Events zu veranstalten.
Wir müssen uns bei der Verkündung ins Zeug legen!
Drück
Da bin ich wieder!
Reich das mal weiter.
Klirr
Ich hab ein Déjà-vu!
Was ist das?
Ist das stark ...!!

*japanischer Softdrink auf Milchbasis

Ich komme!

Beep
Piep Piep ♪
Ein ganz schöner Unterschied.
Bei den Punkten ...
Wo gehen wir essen?
Alles an der Nationalstraße 20 ist mir recht.
Und, du hast doch heute bestimmt noch etwas anderes vor, oder?
Ein seltener Volltreffer von dir.
Na ja, wenn du uns mitten am Tag zusammentrommelst, steckt da bestimmt mehr dahinter.
Ich wollte das nachher in aller Ruhe mit euch besprechen, aber warum nicht auch hier.
Das nächste Event wäre doch unser zehntes, stimmt's?

Wie klingt ...
... ein Rave ...
... in euren Ohren?

Wir könnten das leer stehende Gebäude benutzen, das die Stadt verwaltet.
Ganz legal natürlich.
Das ist kein Club und wir könnten unsere eigene Technik, Beleuchtung etc. einbringen. Wir könnten es zu unserer Location machen, für nur eine Nacht!

Ein Rave, eine besondere, einmalig stattfindende Party.
Mit unseren eigenen Händen.
Klingt das nicht aufregend?
Die Karten verkaufen wir für 500 Yen.
Drück

Wir haben uns in den letzten Tagen unsere Köpfe darüber zerbrochen ...
Ich will das unbedingt Realität werden lassen!
Unser Plan ist noch nicht ganz ausgetüftelt, aber immerhin schon so weit, dass er sich realisieren lassen würde.
Zum Glück schreiben unsere Events schwarze Zahlen, und alles, was wir auslegen müssen, möchte ich über die Tickets wieder reinbekommen.
Was meint ihr?
Klingt gut.
Mir war doch schon so, als würdest du irgendwas aushecken.
Ha ha ...
Fünfmal so groß wie sonst?
Das kann ich mir zwar nicht vorstellen, aber ich würd's versuchen.
Bin ich beruhigt ...!
Hah
Ha ha, ich danke euch. Also dann ...
Ich bin raus.

Wenn du so was Großes aufziehen willst, wäre es da nicht besser, einen geeigneten Club zu mieten?
Musst du unbedingt so ein Risiko eingehen?
Dan!
Wir machen weiter, also akzeptier es!
!
Pah!
Das bin ich überhaupt nicht!
Du bist übervorsichtig.
Aaarghhh ...
Is was?
Wir ziehen das jetzt durch.
Brodel
Brodel
Brodel

Schnapp
Meine Schlüs-sel ...
Wirbel
Tapp Tapp Tapp
Bamm
Schmoll

Er ist einge-schnappt ...!
Was machen wir jetzt ...?
Dann heißt es wohl, wer den längeren Atem hat ...
Unbeeindruckt
Ha ha ha!
Er kann genauso schwierig sein, wie er talentiert ist, was?
Genau. Deshalb hab auch ich das Sagen.
Du hast es aber schon übertrieben.
Wie lange hat's denn beim letzten Mal gedauert?
Ein halbes Jahr!
Ein halbes Jahr? Das ist ja ...!
Was machen wir?
Gehen wir Ramen* essen.
Ich kenn einen guten Laden.
Wenn Dan hungrig wird, kommt er schon raus.
Aber das ...

*Nudelsuppe

Emi! Jetzt komm schon!
Oh!
Denk nach, Emi! Denk nach!
!
Ich ...
... muss noch schnell aufs Klo!
Auf einmal? Hast du deine Tage?
Aua!!
Stampf
Ey, wofür war das denn?!
Weil das voll daneben war.
Wir gehen schon mal los.
Aber komm nach, bevor das Essen kalt wird!
Dzzz

…
…
Ähm … Dan?
…
Kommst du mit?
…
Ich würde gern kurz mit dir sprechen …
Bei der Sache von vorhin habe ich mitgeholfen.
Und mein Gefühl sagt mir, dass es bestimmt super wird.
Ich glaube, dass auch du bei dem Event richtig Spaß haben würdest!
Bei was denn?
Zum Beispiel …
Ah, hier!
Unser Plan …
Raschel
Lass gut sein, das nervt.

Warum hängst du dich da so rein?
...
as ver- ehe ich ch noch icht so ganz.
Wir haben nachgedacht, viel rumgesponnen und so ist es wohl einfach passiert ...
Eigentlich habe ich keine Hobbys.
In der Schule hab ich Sport gemacht und dachte, das würde sich auch nie ändern.
Aber sobald ich einen Job hatte, hab ich einfach aufgehört.
Seitdem be ich ein- ach so vor mich hin.

Doch dann hat mich Kei zu diesem Even neulich geschleppt un mich arbeiten lassen.
Das war echt toll.
Ich hatte das Gefühl, mit allen zusammen etwas Besonderes zu erschaffen.
Ich möchte, dass auc dieses Even ein Erfolg wird.
Wenn du mir die Chance gibst.
So kann sich vielleicht etwas ändern.
Das ist zwar egoistisch, aber so denke ich darüber.
Schon klar. Kei hat dir doch gesagt, dass du das so sagen sollst.
Nein! Ich ...
Seid ihr zusammen?
!!

...
Das weiß ich selbst nicht ...
Echt jetzt ?!
Domm
Domm
Domm
Ziehst du diese peinliche Show hier dann nur aus reiner Herzensgüte ab?
Peinlich ...?
Nein, es ist ganz anders ...
Was ist das für eine Beziehung zwischen mir und Kei ...?
Na ja ...
Ich will nur ...

Rumms
Das ist jetzt egal!
Es ist nicht in Ordnung, wenn du nicht dabei bist – wenn nicht alle zusammenhalten!
Ich beneide die Leute, die nach mir kamen, echt für ihre Freiheit.
Ich hoffe, Dan sieht das genauso.
Falls du das nicht tust, wird Kei ...
?!

...
Was bilde ich mir eigentlich ein?
Schnief
Schnief ...
Deshalb kann ich mit diesem Jungvolk nichts anfangen!
Tock
Tock
Immer dieser brennende Eifer. Werdet doch mal erwachsen!

Klack
Ratter
ザラララ..
Ratter
Oh Mann, du hast's geschafft.
Kratz
Kratz
Gehen wir essen.
Daaaaaan!

Na los, steh auf.
Ja, aber ...
Schnäuz
Hm? Ist noch irgendwas?
Ich will nicht, dass sie das in den falschen Hals bekommen ...
Die anderen ...
Kannst du daher ein bisschen später nachkommen?
Ach du ...
Wieso musst du wegen so was so geheimnisvoll tun?!

Alles, was wir für die Beleuchtung brauchen, können wir ausleihen und die Technik bringen wir selbst mit.
#7
Du, Kei?
Klapp
Klapp
Was ist?
Wir habe scho ...
... so viel für das Event vorbereitet. War das vielleicht überstürzt?
Wir erledigen, was wir schon erledigen können. Mach dir keine Sorgen. Wenn der große Tag näher rückt, wird es noch hektisch genug.
Zum Jahresende ist es so weit!
Und bis dahin machen wir ganz relaxed, was in Ruhe erledigt werden kann!

...
Es mag ja gut vorangehen, aber es fühlt sich für mich gar nicht aufregend an ...
Ich mache eigentlich immer nur, was Kei mir sagt.
Bin ich so überhaupt von Nutzen ...?
AFTER HOURS #7

Du siehst so depri aus ...
Pirsch
Mit mei-
nen Zauber
händen geh
es dir gleic
besser!
Grapsch
Was zum ...?!
Lass das!!
Polter
Was soll ich lassen ...?
Du hast getrunken!

He he!
Weil ich dich nicht anfassen darf, werde ich das hier genießen!
Was hat das damit zu tun?!
Und warum bist du überhaupt halb nackt? Zieh dir was an!
Das verwirrt mich total!

Hi hi hi! ♡
Echt mal!
Wir haben uns doch im Bad schon nackt gesehen und jetzt bist du so abwei-send!
Das ist was voll-kommen ande-res!
Hast ja recht.
Mist ...
Wenn Ge-fühle im Spiel sind, wird man-ches einfach viel zu kom-pliziert.
Drück
Und über-haupt!
Mach so was nicht, wenn jemand gerade ernst-haft nach-denkt ...
Aber ich wollte doch nur, dass du wieder lä-chelst ...
Mach dich nicht über mich lustig!

Uh, gru-selig.
Aber ir-gendwie finde ich das auch süß an dir.
Beep
Ach so, also heute ...
Emi, gehen wir noch weg?
Wie, jetzt gleich?!
Ja! Los, mach dich hübsch!
Sieht aus wie ein ganz normales Wohn-haus.
Kön-nen wir hier ein-fach so reinge-hen?
Klar, keine Sor-ge.
Hm, hier müsste es sein.
Na hoffent-lich ...

Dom
Domp
Handtuch
100 Yen
Flash

Es gibt keine Garderobe, also behalte deine Wertsachen bei dir. Die Jacke kannst du aber hier aufhängen.
Das soll »relaxed« sein ...?
Okay.
Ich dachte mir, Blumen sind etwas unpraktisch also gibt's was Süßes.
Das ist von mir und Emi.
Gute Arbeit ...
... Midori!
Ha...
Hallo!
Fwuit
Uff!

Willst du mir nicht endlich verraten, wohin wir gehen?
Tja, also ...
Kei, guck nach vorne!
Huch!
Danke!
Ganz im Gegensatz zu uns scheinen die jetzt alle nach Hause zu gehen.

*Beschallungsanlage zur Musikwiedergabe

Selbstverständlich arbeiten wir DJs mit den Reglern, die wir vor uns haben.
Aber sie verfeinert alles noch, damit wir uns ganz auf unsere Arbeit konzentrieren können.
Sie ist quasi die Heldin im Hintergrund.
Heldin im Hintergrund ...
Fwuiiit

Hallo, willkommen, willkommen!
Ah! Wer ...?!
Zuck
Hi! Ich bin der Gastgeber.
Und wer seid ihr?
Wir sind Freunde von Midori.
Mampf Mampf
Verbeug
Ähm ...
Viel Erfolg mit dem Geschäft!
Midori ...
... macht das echt super!

Ja, stimmt.
Wir haben hin und her diskutiert, weil ich wollte, dass der Bass nicht so im Vordergrund steht, die Musik aber immer noch tanzbar ist. Schließlich hat sie mir meine alberne Forderung umgesetzt.
Das klingt ja kompliziert ...
Ich darf mich davon nicht verunsichern lassen ...
Auch wenn er und Midori ganz offensichtlich jünger sind als ich.
Ähm ...
Der Raum ist ziemlich beeindruckend.
Er hat eine tolle Atmosphäre ... irgendwie aufregend.
Schnaub

Mein Job ist es, Räume in Szene zu setzen. Es macht mich echt stolz, dass du das sagst!
Kreisel
Das hier ist ein Ausstellungsraum einer meiner Kunden.
Die Party sollte eigentlich in unserem Büro steigen, aber wir sind mit Aufräumen nicht fertig geworden. Und wir hätten es auch nicht geschafft, die Wände schalldicht zu verkleiden.
Kreisel
Funk
Verstehe ... So kann man also auch ...
... ein Event aufziehen ...
Das schau ich mir genauer an ...

Ähm ...
Kei ...!
TWERK
TWERK
Hm?
Ich geh mal kurz frische Luft schnappen.
Bitte benutzen Sie die Toilette draußen.
22:04
Schon 22 Uhr.
...
Ich habe mich echt zu einem Nacht-schwärmer entwickelt.

Ob ich je wieder zu einem normalen Tagesrhythmus zurückfinden kann?
Nein, nein, nein!!
Schüttel
Ich muss mich auf das konzentrieren, was vor mir liegt!!
Schüttel
Schüttel
Knarr
Oh!
...
Mido...
Padamm

...
Man ist irgendwie total angespannt, wenn eine komplizierte Person wie sie in der Kabine nebenan ist ...
Sie schaut mich immer so angepisst an ...
Über Gunpei hab ich zwar ihre Handynummer bekommen ...
Hier.
Aber sie hat noch kein einziges Wort mit mir geredet ...
Sie kann mich wahrscheinlich nicht ausstehen.
Uuugh ...
Klingeling
Bwww
Bwww
Klapper
Bwww
Uh ...
Waaah!
Oh ...
Oooh!
Tack

Ja ... bitte?
Hallo?
Säusel
Zuck
Diese Stimme ...?!
So klingt Midori ...?!
Ruck
Ich hab kein Klopapier ...
Oh!
Warte, ich werf dir was rüber.
So eine sinnliche Stimme ...!
Klack
Klack

Komm schon, so was verlernt man nicht ...
Auf geht's ...
Tschk
Bong
Bobong
Autsch!
Oh nein, sorry!
Meine Stimme soll wie aus irgendeinem Anime klingen, aber was weiß ich.
Ich wollte nicht, dass du sie hörst ...
Seit der Highschool vermeide ich es, was zu sagen. Deshalb sind wohl auch meine Gesichtsmuskeln zu dieser Miene erstarrt.
Ha ha ha ...
Und du hättest nicht irgendwie anders damit umgehen können?

Ich fin-de deine Schuhe immer so toll.
Ich hake am besten nicht weiter nach ...
Wow, das ist creepy ...!
Das kannst du auch nur fragen, weil du noch nie mit alten Säcken zu tun hattest, die dir Geld dafür bieten.
Bling
*Szeneviertel Tokyos
Hach ja ...
Wo hast du die her?
Haupt-sächlich aus Hara-juku*.

Hey, ihr zwei! Kommt mal her!
Er zeigt mir gerade, an was für einem Projekt er gerade arbeitet. Das ist echt interessant.
Hier, die Fassade von diesem Laden.
Was gibt's denn?
NEWS
Wiedereröffnung in Harajuku
Das ist ...!!
?

Mein Team ha daran ge arbeitet soweit ic weiß.
Also, ich meine, an dieser Website. Ich ...
Ich habe zwar vor der Fertigstellung gekündigt, aber die Teile, um die ich mich gekümmert habe, sind noch da.
Gut zu wissen ...
Echt? Meine Leute finden sie richtig gut!
Hm, kannst du mir deine Visitenkarte geben?
Staun
Tut mir leid. So was hab ich eigentlich nicht ...
Jetzt sag ihm doch schor dass du arbeits los bist!
Oh, das ...
Schwupp
Gib nur nicht auf!!

Hey, lass das!
Zerr
Schon traurig, dass wir Clubber uns mit interessanten Leuten anfreunden, um dann auch geschäftlich zusammenzuarbeiten ...
!
Das ist es! Du siehst das doch auch so, oder?
?
Warum nehmen wir sie nicht mit ins Boot für unser Event?
!!
Ich hab von der finanziellen Seite keine Ahnung, aber sie könnten doch bestimmt einiges beitragen ... Ich würde es mit ihnen versuchen wollen ... vielleicht ...
Zeig
Das ...
... gefällt mir.

Echt?
Ja! ♪
Strahl
Ähm, könntest du dann ...
Hey!
Sie muss dringend mal mit euch reden!
?
Hey! Das kann nicht dein Ernst sein!!
Patt
Du schaffst das.
Ich habe vollstes Vertrauen in dich.
Nein!
Das sagst du doch nur so ...
Das sage ich als Organisatorin für dieses Event. Verlass dich auf dein Gefühl, wie als VJ.
Gefühl ...? Das soll ich haben?
Wir waren im gleichen Flow. Das hat echt Spaß gemacht!
Die Umsetzung ist zwar anders, aber diese Leute machen im Wesentlichen dasselbe wie ein VJ.
Höre auf deine Intuition und du wirst sie überzeugen können.
Ich habe so Bock auf das Event, dass ich alles dabeihaben will, wodurch es noch besser werden kann!
Kei ...

Aber!
Das war deine Idee, also bist du dafür verantwortlich! Die finanzielle Seite musst du auch genau erklären.
Das kriegst du hin, oder?
Uh, ja ...
Also los, du schaffst das, Ideengeberin!
Schubs
Ob ich das wirklich hinbekomme?
Ich bin zwar ziemlich verunsichert ...
... aber es fühlt sich nicht schlecht an.
Kei unterstützt mich die ganze Zeit aus dem Hintergrund.
Und wir haben auch Freunde, die uns Rückhalt geben.

Midori, würdest du mit mir kommen?
...
Von mir aus.

Ich habe mich ent-schieden.
Wenn das Event ein Erfolg wird, werde ich Kei sagen, wie ich wirklich fühle.
Ver-spro-chen!
Sieh mal an.

#8
Uuh ...
Jetzt kann ich auch nicht mehr auf meine Arbeitslosenversicherung zählen.
Ach ...
Diesen Monat bin ich auch noch mit der Miete für **dort** dran ...
Kontostand
Auszahlung
Ich muss den Zahlschein holen gehen ...
Die Kreditkartenhölle nimmt reale Züge an ...
Ich war schon länger nicht mehr zu Hause.
Und ich hab auch keine Lust dazu ...
...
Wie stelle ich es nur an?

AFTER HOURS #8

Also kurz gesagt willst du, dass ich zu dir nach Hause gehe und den Zahlschein für deine Miete hole.
Ich!
Sicher, dass du nicht die falsche Person anrufst? Klär di Angelegenheiten deiner Woh nung gefälligs mit deinem Freund!
Ich wusste, sie würde das sagen ...
Wir teilen uns die Miete, und diesen Monat bin ich dran.
Das ist mir so was von egal!
Was ist los, dass du meinst, mich wie einen Esel benutzen zu können?
Ich arbeite gerade an einem Projekt ...
Du bist doch arbeitslos.
Das ist eine ganz kurzfristige Sache!!
Bamm

*entspricht ca. 31 Euro

Das ist der Club Escutcheon.
Den Manager, Kurata, hast du schon mal getroffen. Heute ...
... geht es um den Lautsprecher, den ich für das Event leihen will.

Auf dem Rückweg geht's bergab, also muss ich gut aufpassen!
Entschlossen
Ganz genau.
Hi hi.
Nanu?
Ich bin ganz nervös, weil wir ins Büro des Clubs gehen.
Du und nervös, Kei?
Ich bin auch nur ein Mensch.
Hi!

Sorry, dass wi stören.
Lange nicht gesehen.
Ach, kein Problem!
So ist es also im Büro.
Umseh
キョロ
Umseh
キョロ
Viel ordentlicher, als ich dachte.
Als …
Das ist jetzt zwar sehr spontan, aber kannst du sie uns gleich zeigen?
Klar doch.
Hey! Ich bin mal kurz weg!
Okay!
Dann mal mir nach.

Wir müssen durch den Club gehen.
Wow.
Wir sind jetzt wirklich direkt über dem Büro, oder?
Seltsam, was?
Woah! Spiegel an der Decke.
Ich hab noch nie inen Club m Tag gesehen ...
Für Frauen Eintritt frei!
Das ist schon krass.
Ach ja?

Aber ich dachte mir, Kurata wird mir schon alles zeigen.
Tja, hm ...
Hier ist der Lagerraum.
Tsch
Lager
STAFF ONL
Unbefugten ist d
Zutritt verbote
Ts!
Alles zugestellt!
Nimm das!
Und das!
Und das!!
Bamm
Bamm
Bamm
Hyaaah ... Wie gewalttätig!!
So, das war's.
Äh ... ja ...
Poff
Poff

Passt auf, wohin ihr tretet.
Klack
Tadaaa
Das ist er.

Ein Monster von einem Lautsprecher!!
Deshalb hat sie also gelacht, als ich davon geredet habe, ihn mitzunehmen ...
Ich bin überrascht, dass du davon wusstest.
Natürlich wusste ich davon! Du gibst ja immer damit an, wenn du getrunken hast!
Echt? Daran kann ich mich gar nicht erinnern.
streich
Staubig ...
Wird ...
... der gar nicht benutzt?

Doch, schon.
Aber wenn wir ihn in unserem Club einsetzen, klingt er einfach zu dünn.
Dünn?
Aber mir ist klar, dass er echt gut sein muss.
Stimmt! Wenn einem der Bass in den Körper fährt, ist das einfach das Größte!
Eigentlich gehört das gute Stück mir. Ich lagere ihn nur für ein Weilchen hier.
Als Chef kann ich mir das erlauben.
Tack Tack
So ein Riesending?
Tatsächlich ist er ganz leicht.
Er lässt sich auch auseinandernehmen.
Klack
Bei Soundsystemen herrscht eine besondere Kultur, daher ist es etwas schwer zu erklären, aber ...
Waaah! Ist schon gut!

Kurz gesagt ist der alte Herr dort ein Profi, wenn es um solche Ungetüme von Lautsprechern geht.
Ein Profi?
Ja.
Er hat sich jetzt zwar als Chef von diesem Schickimicki-Club niedergelassen, aber früher war er im ganzen Land unterwegs.
Sag nicht Schickimicki! Außerdem sind diese Leute viel besser als ihr! Ihr geht nur wegen der Musik in Clubs und gebt kein Geld aus. Das ist einfach nur nervig.
Ihr kommt mit Ermäßigung rein, nehmt einen Drink und hängt dann ewig hier rum.
Also ...
Wird das gehen?
Wir haben für genügend Generatoren gesorgt, das sollte funktionieren.
Er ist nur größer, als ich gedacht habe ...
Wie machen wir es mit dem Aufbau? Zum Jahresende hält mich die Arbeit auf Trab.
12 December
Das übernimmt Midori.
Was? Dieser kleine Wicht kommt also mit meinem Lautsprecher zurecht, hm?
Kleiner Wicht ...?

Das wird sie.
Wir sind immerhin Freunde, auf die du dich verlassen kannst.
Oder?
J... Ja!
Wir schaffen das!
Ha ha ha!
Ka ha ha!
Das war jetzt aber nicht sehr überzeugend.
Er lacht!

Da du einverstande bist, werd ich mich auc gleich um e ne Spedition kümmern.
Klasse, dass du ihn uns leihst.
Hey, nicht so schnell!
Als Gegenleistung geht ihr mal was mit mir trinken.
Echt? Aber du bist doch frischgebackener Vater.
Dussel, eben deshalb ja! Das müssen wir bald machen.
Chef, hier bist du!
Schau mal auf de Handy.
Die DJs für das Tagesevent wollen Hallo sagen.
Oh? Hast recht.
Dann geh ich besser zurück.
Wenn noch was ist, schreibt mir eine Mail.
Kurata ...
Bereust du es nicht manchmal?
Hm?
?

Ich meine, deinen jetzigen Job im Management.
Fühlst du dich damit nicht eingeengt?
Pah! So habe ich noch nie darüber gedacht.
Ich habe mit Musik zu tun und kann damit meine Familie ernähren, besser hätte ich es doch gar nicht treffen können!
Wenn du irgendwann mal genug von ihr hast, Kleine, kannst du gern zu einem Vorstellungsgespräch vorbeikommen.
Ich kann dir zumindest beibringen, wie man Cocktails mixt.
Ching
Der Fahrstuhl ist da!
Plapper Plapper
Ich hab mich heute echt aufgebrezelt.
Ich auch! Ich freu mich schon tierisch drauf!

Der Chef ...
... eines Schicki-micki-Clubs ...
...
Er ist ein toller Typ, oder?
Hä? Im Ernst?!
Ich hab noch was zu erledigen, Emi. Gehst du schon mal zurück und beantwortest E-Mails?
Alles klar, kannst dich auf mich verlassen!

Job-
suche ...
Tokyo / Stellenangebote
ernetdienste
AssistentIn Webdesign
Das ist ...
... so kompliziert ...
Kannst dich auf mich verlassen!
Strahl
...
Waaah! Ich hab jetzt keine Zeit dafür!
Ich muss Mails beantworten!!
Klapp
Mist! Mein Wille ist so schwach!
Oh, ein Berg neuer E-Mails!
Nakamura, du übertreibst es ein bisschen ...
Mayumi?
Was gibt's denn?

Was fragst du so blöd? Die Sache von gestern ist erledigt!
Ah ac so! Das ging aber schnell.
Du hattest es doch eilig damit, oder etwa nicht?
Also ...
Wie machen wir es mit dem Zahlschein? Soll ich ihn dir vorbeibringen?
Äh ... Nein, ist schon gut.
Es sollte heute was werden. So bald hab ich nicht wieder Zeit.
Ähm ...
Ich will ihn ja haben, aber sollte ich sie herkommen lassen?
Das muss ich erst mit Kei besprechen ...
Hallo? Bist du noch dran?
Sorry! Ich hab nachgedacht.
Ach, das geht schon klar!
Gut, dann komm vorbei. Ich schick dir die Wegbeschreibung.

»Soll ich ihn dir vorbeibringen?« Ich bin viel zu nett.
Bing
Eigentlich ...
... bin ich nur neugierig.
Ich bin echt gespannt.
Was für ein Typ bringt Emi dazu, so gefährliches Terrain zu betreten?
Oha?
Ganz übsche Ecke.
Ding Dong
Ding Dooong

Hier ...
... ist er.
Tausend Dank!
Hock
Vergiss deine Gegenleistung nicht.
Von wegen beschäftigt! Du wolltest nur nicht zugeben, dass du bei deinem neuen Freund bist.
Stimmt ...
Und eigentlich hab ich wirklich zu tun.
Deswegen lass uns ein andermal quatschen.
Sst
Ich hab mich so beeilt, dass ich jetzt ganz durstig bin.
...
Schieb
Schieb
Was denn?
Für einen Tee wird's ja wohl reichen, oder?

Hm ...
Eine schöne Wohnung.
Hey ...
Gibt's keinen Aschenbecher?
Nein!
Außerdem stinkt das, also denk nicht mal dran!
Okay.
Hm ...
Also ein Nichtraucher. Passt ja perfekt zu dir.
...
Was ist das denn?
Mayumi, könntest du gehen, wenn du ausgetrunken hast?
Ich hab noch viel zu tun ...
Hm?
Was?
Kachuck
Kachuck
Waaah!!
Hör auf damit!!
Jetzt verschwinde doch endlich!!

Wir haben alles gleich geregelt.
Heute werde ich mal kochen ...
... und Emi etwas ausruhen lassen.
Ich bin ja schließlich ...
... die Ältere von uns beiden.
Pack
Solltest du jetzt nicht langsam gehen?
Erst wenn du mir sagst, was du eigentlich vorhast ...!
Seit wir letztens was trinken waren, hat sich bei dir doch überhaupt nichts getan!
Das ist nicht wahr! Ich habe einen Entschluss gefasst!
!

Schwupp
Wah!
Woah!
Taumel
ヨタタ
Ach … Hast du das?
Ja … Hab ich.
Ich mache mir ernsthaft Gedanken.
Du musst mich nicht dran erinnern.
Allerdings macht mir die Reihenfolge ziemlich zu schaffen.
Welche Reihenfolge?
Hat das etwa damit zu tun, dass du auch ja nicht verletzt wirst?
Quatsch!

Oder ...
... doch ...
Du hast ...
... recht.
Mensch ...
Du bist echt ein Angst-hase.

Klack
Mayumi ...
Das führt zu nichts, also gehe ich jetzt.
Ich kann sagen, was ich will, du lernst nur wirklich etwas, wenn du einmal so richtig auf die Nase fällst!
Und beim nächsten Mal stellst du mir deinen Liebsten vor!

Langsam geht mir das auf die Nerven ...
Ich geh nach Hause und schau mir Sherlock an.
Tack
Tack
Aber ...
Auch wenn es aussah wie die Wohnung eines Plattensammlers, stimmt irgendwas damit nicht ...
Aber was?
Eine Nachbarin?
Hier wohnen ja richtig gut aussehende Leute.
Wenn man diese schäbige Bude bedenkt ...

Ich bin zurück!
Klack
Wah!
Bonk
Autsch ...
Tut mir leid ...
Alles okay mit dir?
Kei!
Ich geh mal kurz weg. Bin gleich wieder da, also lass ruhig das Licht an.

Oh nein ...
Die Eier sind kaputtgegangen ...
Papierkram, Papierkram ...
kawa, Hiroki
Vertraulich

Ich muss mich bei Mayumi dafür bedanken.
Wenn ich renne, müsste ich sie noch erwischen.
Schieb

Kei ist seit Kurzem ...
AFTER HOURS #9

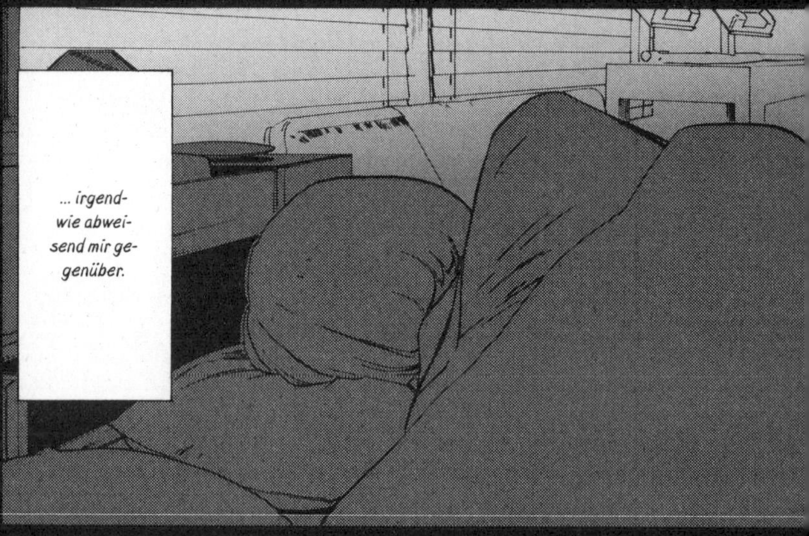
... irgendwie abweisend mir gegenüber.

Er ist ...
Zwitscher
Nirgends ...
... zu finden!
... weg!
Der Zahlschein ist weg!!
Hust
Hust
Klick
Ich bin erledigt ...
Fwuiii

Ich muss ihn finden bevor Kei ihn zu Gesicht bekommt ...
Fwp
Flupp
?
Schht
Ah! Da ist er ja!!
Puh!
Schwein gehabt!
...
Gar nicht gut ...
Er kann nicht von allein ...
... an so eine Stelle gekommen sein ...

Tut mir leid!
Wirklich!
Sag mir vorher Bescheid, wenn du jemanden mit herbringst!
Es ist peinlich, wenn jemand das Chaos hier sieht …
…
War es wirklich nur diese eine Freundin?
Nick Nick
Hmpf. Dann ist ja gut.
Habt ihr auch keinen Unfug gemacht?
Diesmal lass ich es dir durchgehen.
Aber beim nächsten Mal sagst du mir Bescheid!
Hab verstanden …

Ich dachte, damit hätte ich es überspielt ...
... aber Kei wusste es schon.
Verdammt.
Alles nur, weil ich meinen Freund vor ihr verheimlicht habe ...
Hiroki
Sie ist bestimmt mächtig enttäuscht ... Wie soll ich ihr das nur erklären?
Klack
Tapp
Tapp
Tapp
Du, Kei?
Musst du nicht arbeiten?
Schwupp

Ich hab den halben Tag frei, um mir die Halle anzusehen.
Schon vergessen?
Was? Sie hat heute Morgen kein Wort davon gesagt!
Aber kein Problem, wenn du was anderes vorhast.
I... Ich mach mich gleich fertig!
Raschel
Ich muss den passenden Moment abwarten ...
. um mich ei ihr zu ntschuldigen ...
Ich hatte keine Zeit mehr, mich zu schminken ...
Du hättest ...

... ruhig weiter pu zen kön nen, ich seh's mi ja nur an.
Ich wollte sowieso eine Pause machen!
Außerdem will ich auch sehen, wo unser Event stattfinden soll.
Hätte ich auch allein geschafft.
Murmel
...
Hey, wollen wir heute nicht mal wieder ins Bad gehen? Ist ja schon eine Weile her!
Tut mir leid, aber ich hab meine Tage.
Das würde deine Schultern entkrampfen.
Vielleicht ...
Uh ...!

Sorry.
Ich bin momentan ziemlich genervt.
Hm.
Schon gut.
Dann ein andermal.
Gatang
Gatang
Gatang

Stampf
Stampf
Ist er das?
Ja.
Entschuldigen Sie die Verspätung!
Qualm
Dampf
Ich freue mich, Sie kennenzulernen. Ich bin der Zuständige für diesen Bezirk und kümmere mich um Veranstaltungen.
Nicht doch! Seit der Auslosung ist ja immerhin schon ein halbes Jahr vergangen.
Oh, danke.
VICTORY
Für den von Ihnen gewünschten Tag gab es einen gewaltigen Andrang. Sie haben ihn sich auf beeindruckende Weise durch Schere, Stein, Papier gesichert.
So wird das entschieden?!
Klack
Gehen wir aber erst mal hinein.

WWuuuun
Kachack
Ausgang

Aber ...
... hier stand doch mal was?! Irgendwas Gebäudeähnliches ...
Nichts versperrt den Blick auf den blauen Himmel ...
Nun ja ...
Poff
Das wurde abgerissen ...
Ab...
Abgerissen?!
Pff.
Da gibt es überhaupt nichts zu lachen!!
Ha ha ha
Jetzt fühlt es sich entspannter an als vorhin, als wir allein waren.

Aber die Ebene, die ich Ihnen zeigen wollte, ist noch intakt.
!
Sie meinen ...?
Ja, sie ist unterirdisch.
Wooosh
Dieses Grundstück war Teil der städtischen Bauplanung. Aber bei dem Gebäude gab es Probleme mit der Erdbebensicherheit und so wurde es letztlich nie vermietet.

Wie in einer Höhle ...
Wird das hier auch von anderen genutzt?
Ja, ein oder zwei Mal im Monat ...
... für Fashion Shows oder Shootings.
Wie ich schon mal erwähnt habe, wurde ich aus der Öffentlichkeitsabteilung versetzt.
Es hieß, ich solle das hier bis zum Bau des nächsten Gebäudes vermieten, um junge Leute herzulocken und so die Attraktivität des Stadtteils zu erhöhen.
Darum geht es bei der ganzen Sache.
Das klingt ja wirklich vielversprechend ...
Ist das das Richtige für uns?
Das hier ist die Haupthalle.

410

Woah ...!
Ist das krass!
Hüpf
Hüpf
Decke und Fußboden wurden zwar entfernt, aber ursprünglich war das wohl eine Turnhalle.
Tschack
Eine Schule ...?
Unser Event soll in einer so großen Location stattfinden ...
...
Hat Kei denn gar keine Angst?
Mir ist ein bisschen mulmig zumute.

Kommen Sie bitte am Tag vor Ihrem Even die Schlüssel im Bür abholen.
Kei ...
Seit wann planst du das denn schon?
Mir kam die Idee dafür nach meinem fünften Event.
Also seit Anfang des Jahres.
Und warum?
Sie hat einfach ein gutes Gespür ...
So wie mit Kurata ...
... und wie sie an der Location drangeblieben ist.
Es ist wahr, du kannst einfach alles alleine schaffen, Kei.

»Hätte ich auch allein geschafft.«
Aber ...
... hat es dann überhaupt einen Sinn ...
... dass ich dabei bin?
Was ist?
Gehen wir nach Hause.
Okay ...

TOCK
...
Es war mir zu viel, mit ihr zusammen nach Hause zu gehen ...
Wir haben uns am Bahnhof getrennt.
Ich kann ihr nicht mehr in die Augen blicken. Was soll ich nur tun ...?
Mir war so, als wäre sie es.
Sicher, dass du dich nicht verguckt hast?

Siehst du? Das ist sie.
Huch! Shinkawa?!
Ich bin auch dabei.
Wo kommt ihr denn auf einmal her?
Von nirgends. Wir waren schon vor dir hier.
Und dann meinte er, er hätte dich gesehen.
Wie gruselig ...
He he he.
Hey! Schieb den Tisch nicht an meinen!
Heute ganz allein unterwegs?
Jetzt tu doch nicht so, als wäre ich rund um die Uhr mit Kei zusammen!
Dabei hab ich nicht mal gesagt, mit wem ...

Ungh ...
Nein.
Eigentlich nicht.
Ist ...
... irgendwas passiert?
Aaargh!!
WUMMS
Hey, was ist denn?
Ich hab doch gar nichts gesagt!!
WUMMS
...
Und jetzt hab ich sämtliches Vertrauen in mich verloren ...

Was soll das?
Du warst es doch, die mir gesagt hat, dass wir es unbedingt alle zusammen durchziehen müssen ...
Pffft.
Ist ja ein Ding.
Aber du, Dan, und auch Midori, ihr seid so unglaub-lich.
Je mehr ich von euch erfahre, um-so nutzlo-ser fühle ich mich.
Und auch Kei hat mir nur was bei dem Ganzen besorgt, weil ich gesagt hab, dass ich gern helfen würde ...
Was laberst du denn für einen Mist?!
Mal an-genom-men ...
... das wäre wahr ...
Des-wegen brauchst du dir noch ange nicht en Kopf da-rüber zer-rechen, ob du Talent hast oder nicht.

Den hier kennst du doch. Das ist Shinkawa.
Sollte man annehmen.
Alles, was er so macht, ist richtig scheiße.
Trotzdem macht er weiter und es kommt irgendwas dabei raus.
Hä ...?
Er glaubt, seine Musik wäre das Coolste überhaupt.
So schlimm ist es ja nun auch nicht.
Das ist was von ihm.
Hey, mein Laptop!
Domm Dadamm Wueeeeh Dadong Dong Großer Bruder Domm
Zuck
Domm
Zuck
Domm
Schock
Domm
Ha ha! So reagieren die meisten!
Schwupp
Und trotzdem hab ich Fans!
Das ist von Shinkawa?
Ich dachte, das neulich war irgendeine Störung ...
Klick
Was?! Wer's glaubt ...
Das stimmt!!

Letzten Endes kommt es nur darauf an, was du machen willst.
Und da gibt es doch was, was du tief in dir drin willst, oder?
Starr
Willst du's nicht sagen?
ズイズイッ
Bedräng
Na, komm schon!!
Was soll aus mir werden?
Was will ich tun?
Stimmt. Ich habe es schon längst gesehen.
Ich möchte ...

Pff
Ich danke euch.
Meine Unsicherheit und Willensschwäche haben sich mit so vielen anderen Gefühlen vermischt ...
... dass ich es schon vergessen hatte.
Also ist dein Problem gelöst?
Ich werde es lösen.
Und zwar jetzt gleich!
Keine Ahnung, worum es geht, aber viel Glück dabei!

*Gruppen-Blind-Date

Vielleicht bin ich nutzlos ...
Und vielleicht ist es unfair ...
Aber trotzdem!
Ich will das Ganze nicht noch länger mit mir herumschleppen.
Ich will mit Kei zusammen sein!
Und deshalb ...

Klack
...
Ich war an diesem Tag angetrunken.
Ich will nicht abstreiten, dass alles etwas überstürzt war.
Wenn sie das nur irgendwo gemacht hätte, wo ich nichts davon mitbekomme ...
Aber ...
... das ist einfach nur die Eifersucht.

Da hab ich mich verrech-net.
Und dabei wollte ich diesmal eine erwach-senere Beziehung führen ...
Der Brief ist nicht mehr da.
Emily
Kei
Wir ...
... können unter den Um-ständen viel-leicht nicht mal mehr zusam-men sein ...
Aber ...
Falls ...

... sie sich dennoch für mich entschei-det ...
... was mach ich dann ...?

Wir können nicht mehr einfach nur Freunde sein!
SK...T 3rd Album OUT NOW
wuuusch
Songs über das Erwachen einer überwältigenden Liebe!
Jetzt erhältlich!!
wuuusch
3rd Album OUT NOW
Das dritte Album dieser tollen Popband, voller Gefühle!
Es gibt so viele Gründe, dass ich sie nicht zählen kann.

Auf dem Weg nach Hause, nachdem ich als VJ ausgeholfen hatte ...
Als ich an jenem Tag ...
... ihr Profil sah ...
... habe ich mich ...
... in sie verliebt ...
Ich möchte bei ihr sein und dasselbe sehen wie sie.
Ich möchte ganz viel mit ihr erleben und verstehen, warum sie diesen Gesichtsausdruck bekommt.

Ich ...!
Ich liebe dich, Kei!!
AFTER HOURS #10
Schluck

Sie gefiel mir, deshalb sollte sie hier hin. Aber sie wird gar nicht benutzt.
Wir waren so übermütig, dass wir diesen riesigen Kühlschrank gekauft haben.
Die offene Küche ...
Klopf
...

Hallo ...
Ich muss mit dir reden.
Passt es dir gerade?
Es ist egal, was du zu mir gesagt hast.
Ich bin ja schließlich selbst schuld daran ...

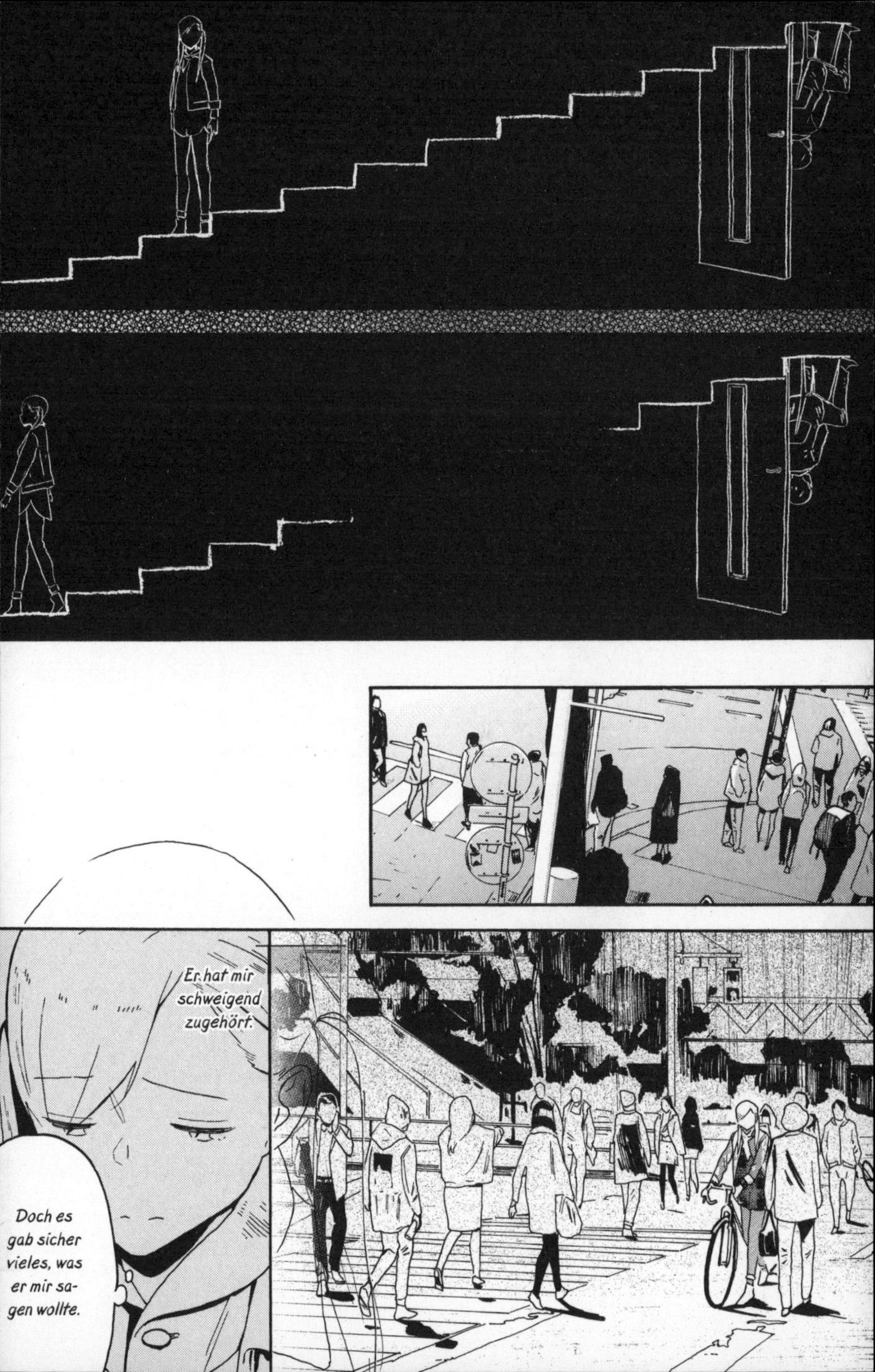
Er hat mir schweigend zugehört.
Doch es gab sicher vieles, was er mir sagen wollte.

Ich hatte ihn eine ganze Weile nicht gesehen. Er kam mir irgendwie reifer vor.
Ich dagegen bin noch immer ein Kind ...
Mau ...
...
Oh, ein Katze.
Hi hi.
Ihr schwarzes Fell erinnert mich an Kei.
Roll
Miez, miez, miez.
Komm her!
Tapp
Oh!

Brrrr
Brrrr
Ja ...?
Na endlich!
Ich hab dich seit gestern schon ein paar Mal angerufen!
Hatschi!
Sorry, hab geschlafen.
Wir haben ein Problem mit den Gast-DJs. Es gibt eine Doppelbuchung.
Das war schlechte ommunikation on ihrer Seite, ber trotzdem aben sie sich tzt für das anere Event entschieden, das ur selben Zeit wie unseres stattfinden soll.
Das darf nicht wahr sein! Echt jetzt?!
Ein bisschen Schuld haben wir auch, da wir nicht mit dem Manager, sondern mit ihnen direkt geredet haben.
Eine Katastrophe für unsere Planung.
Geht es um gestern?
Mh-hm.
...
Schütt
Ich hab gestern Abend allen im Chat Bescheid gegeben, aber ohne dich, die Chefin, sind wir zu keiner Lösung gekommen.
Schhh
Schhh
Alle machen sich jetzt Sorgen.
Kannst du dir das gleich in Skype durchlesen und deine Meinung dazu schreiben?
Klapper
...
ach ch.

Diesmal läuft es anders mit der Finanzierung. Auch wenn wir die bisherigen Einnahmen dafür nehmen reicht das nicht aus.
Und ich will den anderen nicht auch noch ein Risiko zumuten.
Bei Geld hört die Freundschaft auf.
Das hast du ja selbst schon erlebt.
Ja ...
Danke.
Ach, und noch was.
Dan
Emi ist auch nicht bei Skype aufgetaucht.
Ist irgendwas zwischen euch vorgefallen?
...
Eigentlich nicht.
Alles wie immer.
...
Um ehrlich zu sein, hab ich sie gestern zufällig getroffen.
Sie sah ein bisschen mitgenommen aus.

Neulich ... als wir bowlen waren, sagte sie mir was. Und zwar ...
... dass sie unbedingt will, dass es ein Erfolg wird.
Dann würde sie sich vielleicht auch ändern können.
Sie hat das zwar so gesagt, aber zur Hälfte will sie das für dich.
TOCK
TOCK
...
Das kann ja sein ...
Aber was, wenn sie ihre Meinung geändert hat?
Keine Ahnung.
Vielleicht ...
... sollte nicht gerade ich so was sagen ...
... aber du bist die Erwachsenere von euch beiden.
Und du warst es, die sie da mit reingezogen hat.
Lass sie nicht einfach so fallen.

Klapp
Emi ist letzte Nacht nicht zurückgekommen.
Vielleicht kommt sie gar nicht mehr zurück ...
Aber selbst wenn sie zurückkäme ...
Ich war so fies zu ihr ...
... dass ich nicht weiß, wie ich mich ihr gegenüber verhalten sollte.
Klapper

Der Regen-schirm ...?
...
Keuch
Keuch
Was mach ich hier eigent-lich ...?
Taps
Taps
Aber in meiner jetzi-gen Stimmung lass ich nicht mal eine Katze entkommen ... Keine Chance!
Hab ich dich!
Klack
ガチャ

Komm schon rein.
Mrrraw
Was wird das denn?
Hopp
Taps

Hast du dir die Hände gewaschen?
Ähm, ja.
...
Kei ...
... kann ich zu dir kommen?
In Beziehungen war ich schon immer passiv.
Meine Freunde haben mich damit auch immer aufgezogen.
Aber ich will nicht mehr so sein.

Ich hab mit ihm geredet.
Ich weiß, dass das hier nicht mehr nur mein Problem ist.
Und deshalb ...
... habe ich eine egoistische Bitte an dich.
Kei!!
Darf ich noch ein paar mehr Sachen herbringen?
...
Du wusstest darübe Bescheid oder?
Ich wusste nicht, was ich tun sollte, und war für eine Weile ziemlich durcheinander ...
Aber jetzt ...
... bitte ich dich darum!
Ein wenig spät, was?

Du hast deinen Freund verheimlicht.
Aber ich wollte es dir sagen!
Irgend-wie hab ich gemerkt, dass du mir was sagen willst.
Dann unterstütz mich dabei doch auch mal!
Ich bin ein schreck-licher Angst-hase!
Außerdem hab ich zum ersten Mal sol-che Gefühle für eine Frau! Ich weiß einfach nicht, wie ich damit umge-hen soll!
Und noch dazu ...
Dazu was?
Noch da-zu weiß ich nicht ...
... was du für mich empfindest!

Pack
Das ...
Hyaaah!!
ぼす
Plumps

Wir sind in meiner Wohnung ...
... und jeden Abend kochst du für mich.
Klingt das für dich denn nicht ...
... nach etwas, das zwei Menschen tun, die sich lieben?
Pf ...
Pf ...
!
Zappel
バタ
Zappel
バタ
...!!

Pfuha
Warte!
Deine Tage ...?
...
War das ge-
logen
...?
Ist vorbei, keine Sorge. ♪
Schieb

Echt mal ...
Du spinnst doch ...
Doff

Was …?
RUCK
Weihnachten!!
Wenn du wüsstest, wie sich das angefühlt hat …
Stimmt doch gar nicht …!
Genau wie du, Emi.
Du rennst so kurz vor Weihnachten durch die ganze Stadt und lässt mich allein.
Was mach ich denn jetzt? Ich hab gar nichts für dich!
Das Wichtigste?
Ja. Dass du bei mir bist, ist doch das Wichtigste …
Ha ha ha! Emi, mit dir wird es nie langweilig.
Sei einfach bei mir.
Waaah! Waaah! Waaah!

Was?! Schon gut, sag's ein-fach!
Grummel
Grummel
...
Moment mal ...
So über-trieben wollte ich das nicht ausdrü-cken.
Ich bin nämlich auch glücklich, wenn ich mit dir zu-sammen sein kann!
Gah, na schön ...
Ich auch.
Du bist unmöglich!
Ich bin auch super glücklich, wenn ich mit dir zusammen sein kann, Emi!

Und ...?
Was an mir liebst du?
...
Ich verrat's dir auch.
Na los.
Versuch's mal.
Peinlicher als das, was wir gerade tun, kann es nicht sein.

...
Ich liebe deine schlanken Beine.
Ich liebe deinen sich ständig verändernden Gesichtsausdruck.
Ich liebe deine tiefen, klaren Augen.
Ich liebe deine weichen Ohrläppchen.

Ich liebe es, wie sich dein Undercut anfühlt.
Ich liebe deinen perfekten Busen.
Und, wie gleich deine Temperatur steigt, wenn ich das sage.
Und ich liebe deine schmalen Hände, die mich an unbekannte Orte geführt haben.

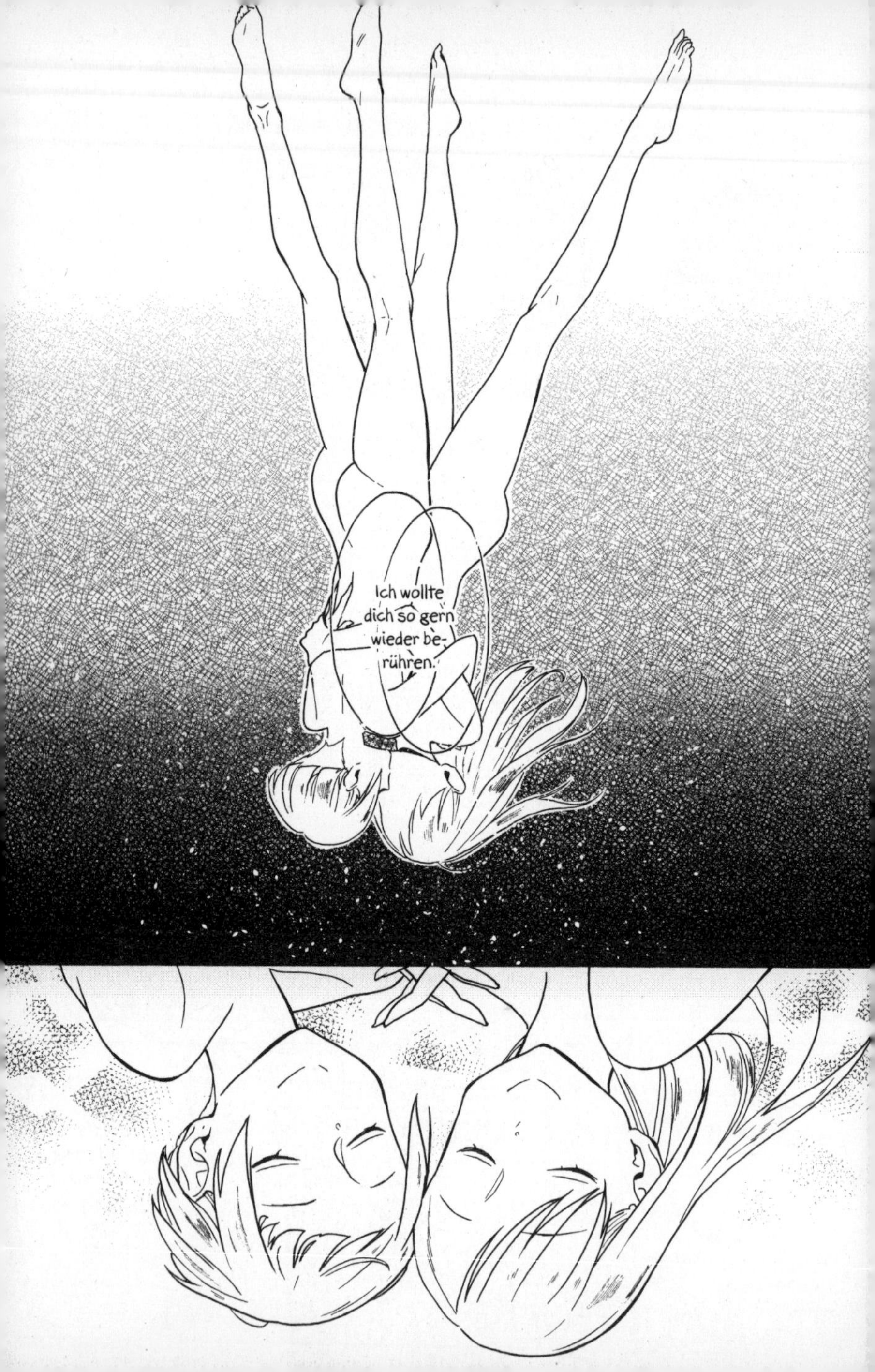
Ich wollte dich so gern wieder berühren.

Klack
Klack
Hab ich dich geweckt?
Nein.
Solltest du nicht auch noch etwas schlafen?
Ich hab mich so um die Location bemüht, dass ich gar keine Zeit zum Üben mehr hatte.
Ich will es auch hören.
Mach ein bisschen lauter.

Ein toller Song.
Da hängen viele Erinnerungen dran.
Wenn ich ihn nie gehört hätte, wäre ich jetzt wahrscheinlich ein völlig anderer Mensch.
Was machst du denn da?
Ich nehm ihn auf, damit ich ihn nicht vergesse.
Du Kind der Moderne ...

Ob ich irgendwann auch so einen Song finden werde?
Ich weiß nicht.
Es kommt auf die Verbindung mit einer persönlichen Erfahrung an.
Wenn für einen bestimmten Moment ...
... der perfekte Soundtrack läuft ...
... dann passiert es.

Hmm ...

Biep
Biep
Biep
Und dann kam die Nacht unseres Events.

AFTER HOURS Band 2 – Ende

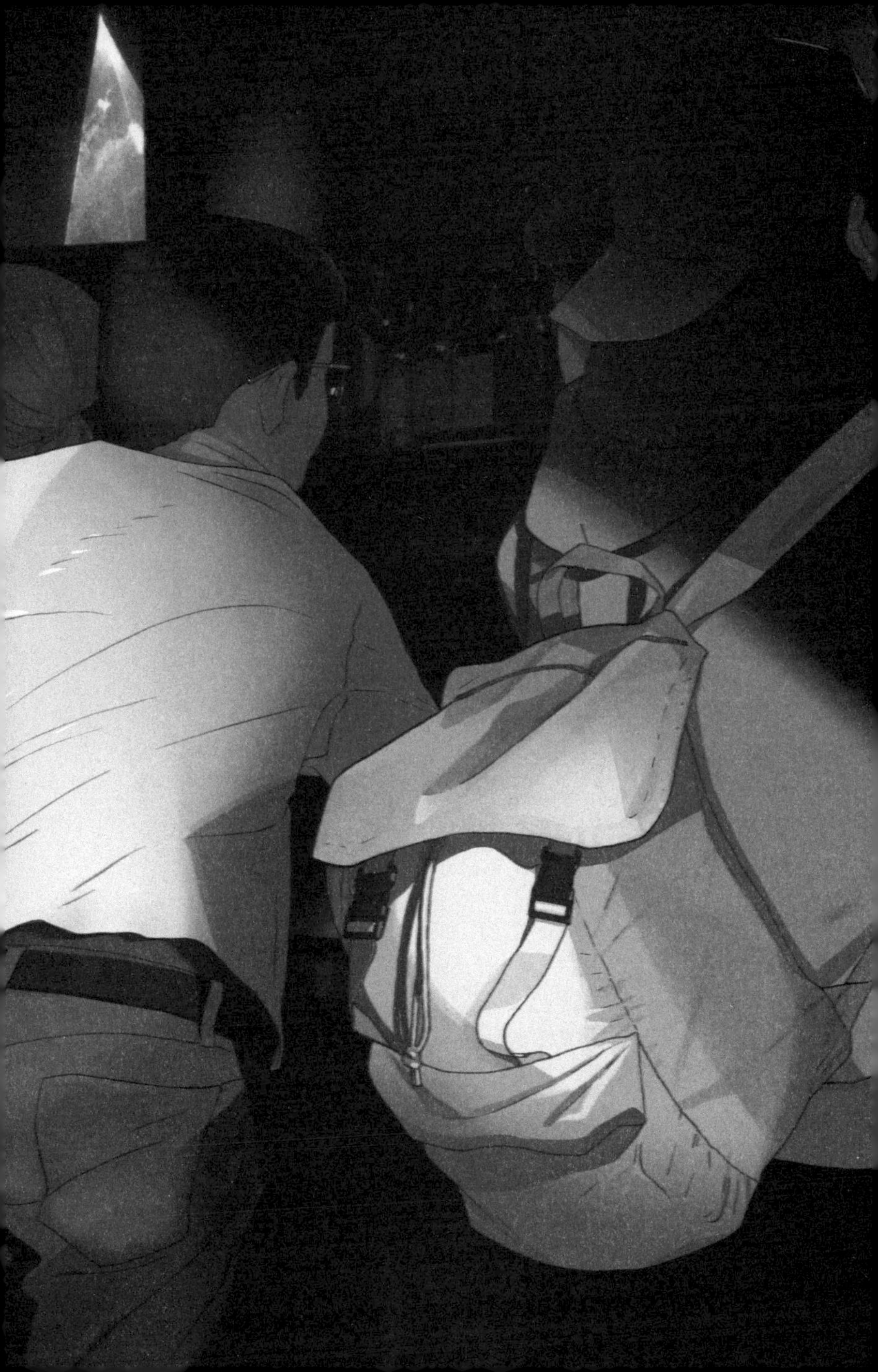

TOKYOPOP GmbH
Hamburg

TOKYOPOP
1. Auflage, 2019
Deutsche Ausgabe/German Edition

Aus dem Japanischen von Mareen Sickel

AFTER HOURS 2 by Yuhta NISHIO

Original Japanese edition published by SHOGAKUKAN.
German translation rights arranged with SHOGAKUKAN
through The Kashima Agency.
Cover Design: Keita Mori (Sekine Shinichi Seisakushitsu)

Redaktion: Lisa Duty
Lettering: Vibrant Publishing Studio
Herstellung: Rita Geers
Druck und buchbinderische Verarbeitung:
CPI-Clausen & Bosse GmbH, Leck
Printed in Germany

MIX
Papier
FSC FSC® C083411

Wir achten auf die Umwelt.
Dieses Produkt besteht aus FSC®-zertifizierten und anderen kontrollierten Materialien.

ISBN 978-3-8420-5181-2

www.tokyopop.de

CITRUS

Saburouta

Neue Schule, neue Liebe?

Auf einer Mädchenschule ist es nicht leicht, eine neue Liebe zu finden, doch umso leichter, sich Ärger einzuhandeln. Das muss Yuzu feststellen, als sie sich gleich an ihrem ersten Tag mit der strengen und schönen Schülerratspräsidentin Mei anlegt. Und dann kommt am Abend auch noch raus, dass Mei die Tochter ihres neuen Stiefvaters ist und sie von nun an unter einem Dach leben sollen! Die verführerische, geheimnisvolle Schönheit schlägt Yuzu schon bald in ihren Bann ...

STOPP!

Dies ist die letzte Seite des Buches!
Du willst dir doch nicht den Spaß verderben
und das Ende zuerst lesen, oder?

Um die Geschichte unverfälscht und original-getreu mitverfolgen zu können, musst du es wie die Japaner machen und von rechts nach links lesen. Deshalb schnell das Buch umdrehen und loslegen!

So geht's:

Wenn dies das erste Mal sein sollte, dass du einen Manga in den Händen hältst, kann dir die Grafik helfen, dich zurechtzufinden: Fang einfach oben rechts an zu lesen und arbeite dich nach unten links vor. Viel Spaß dabei wünscht dir TOKYOPOP®!

AFTER
HOURS

SOLANIN

Inio Asano

Lebe lieber gewöhnlich?

Meiko hatte sich ihr Leben anders vorgestellt. Langweiliger Bürojob, ein Freund, der aber auch absolut nichts auf die Reihe kriegt, und eine Mutter, die immer und immer wieder Berge an Gemüse zu ihr schickt, denn sie könnte ja verhungern: definitiv nichts, worauf sie stolz sein könnte. Als Meiko kurzerhand beschließt ihren Job zu kündigen, steht ihr eine Zukunft bevor, die sie nicht verschonen wird ...

TOKYOPOP®

www.tokyopop.de